後藤蝶五郎句集

東奥日報社

後藤蝶五郎句集

目を閉ぢて

目次

壺

（大正5年～昭和11年10月）

七二句

君ケ代が近く聞こえるお元日

水引で包む倖せ信じ切り

岐路に立つ者へ初陽のうらゝなり

アンテナを過ぎて風船ひろく飛び
春は地の底から月の朧から
起きてよし寝てよし春に包まれる

金脈は要らぬと土鼠引返し

校長の白い手袋式があり

粛正が効いて淋しい小料理屋

完全に勝つて秘策を打明ける

歓喜そのもの丶やうに鶏唄ひ

日帰りの何は扨て置き鶏の餌

咲く花がありる散る花の忘れがち

貧しさに馴れて聖なる胸の巾

吾がもの丶中に息づく腕二本

大の字に寝て満足な胃が一つ
足を投げ出してさて又明日の事
斷崖へ立つて氣儘な石を投げ

世間とは別な空氣の君と僕
明日きつと咲く朝顔へ水をやり
實印の黴に氣がつく日本晴

ヴイターミンBが缺けてる笛の穴
赤ン坊鼻のとこから眠くなり
喜んで貰ふ事あり友を訪ひ

運の好い人にされてる努力主義

評判に負けて黙って損をする

石ころを他人になって一つ蹴り

巖としてある岩の角取れて角
何時か言ふ事にして氣を和らげる
默すれば嘲ける顔が見えるやう

午睡から覺めて非常時日本なり

たゞぢつと自重してゐる蓮の露

この夏を無事に越す氣の麥の飯

蛙フトつまらなさうに向きを替へ
木蓮の散る夕暮に思ふ事
拗ねる子のわれ幼少の斯くありし

灯を消して鳴くこほろぎへ近くゐる

風鈴の窓虫の窓風があり

母親の健在を知る釜の艶

皮をむく林檎も一度艶を出し

仁王尊勝手にしろといつた顔

切る氣なら切れる手綱を馬默り

成せば成る事に氣がつく午前二時
灰色の暮を稔らぬ稲を脊負ひ
星降つて來さうな宵をたゞ歩き

後押しが本氣になつてチトのめり

秋何を急ぐ昨日に變る山

淋しさは子の天分を摑み得ず

世渡りのコツを覚えた年期明

頬杖を罵倒して行く池の鯉

一任をされて淋しい金の事

母親の捨身は子にも迫つて來
親孝行とは煙たいな火は燃えず
良縁も不縁も同じ日を撰び

いきまいてみて淋しさに突き當り
退いて見る世の中の面白し
終列車抱いて寝る子を思ひ出し

冗談に打つ拳骨は呼吸をかけ
多數決己が無能を暴露する
結局は讓歩する氣で上の空

冷笑は鼻の關所へ引懸り

萬歳の盡きぬ天皇主權說

約束へ病む子よ鳥渡行つて來る

頼りないのぢやない無口それでよし
慰めの言葉の端に附く笑
黙れとはさて女房も腑に落ちず

凶作の視察イナゴを踏みつける

出稼ぎの父を待ってる綴方

わが床の冷たさに勝つ子の温味

凍えてる大地踏みにじられる音
戦争があつて忙しい婦人會
月が出て氷柱今度は月の色

いづみ

（昭和11年～22年9月）

七八句

馬がもの言って正月寝て居れず

踏み越えて行く氣で拝む初日の出

寒梅を咲かせて今日の明るい陽

幸追ってしづまる夜の波の音
反省の機會があつた夜のとばり
月丸し民の心を心とし

かうやつてあゝやつて春の日が暮れる
緋縮緬燃える思ひの歩きやう
土の香のよさへ玄米嚙みしめる

月光も凍え雪達磨も凍え
かじかんだ手に雪國の葱の色
冬の雨心鋭くするばかり

牡丹雪子の聲いつか詩に變り
春立つて娘の糸を巻いてやり
贈られた言葉の裏のあたたかみ

貧にゐてひねもす歌ふ子の心理
的を射る心の和む鉢の梅
頑ん張つてもらふ盃廻つて來

白きものの白さに勝つた雪の白
貧農の子の頼母しき胸の巾
はや二月さてまだ固き蕾なる

雪切りの土は眼を射り鼻を衝く
葱の香も久し酌ぎ交ふ爐のぬくみ
何悔ゆる事なく春の日は暮れる

今朝の夢追って吸殻くづれ落ち
付き合ってうなづく事を灰にかく
箸置いて余力ある夜のゆくところ

闘志まだあつて寝ない子叱られる

雪解けのリズムがあつて雫する

切換へた心明るく陽を拝み

自尊心結局言はぬことにする
捨石は時代變つて堀り出され
逆戻り我が影どつか他人じみ

皆んな寝てしまつた後を正座する
三角と四角と丸と子はいいナ
やがて來る春のリズムの子の寝息

歸る子の希望の中の星光る
雨降つて天地程よく近くなり
せつかちになつてはみ出る糸切齒

天國を病む子の夢はかけめぐる
どつからかああの子ああの聲あんな節
母默り父が默つてあの子の日

もう朝だ夜明けだ縄が切れて春
終戰の官吏かうまでなりさがり
女もの言って平和を取り戻し

増産へ二と二で十にしたい父

月も陽も恵みは同じ負けた國

満ち足りてキチンと箸の置きどころ

雨が降る降る還らない兵の事
噓々と言へる子供の純眞さ
增產へ子の眼父の眼火華する

國負けてタイヤーのないリヤカ行く

復員の明日から土に生くる幸

農魂はたぎる田植の姉妹

早堀りの薯へ濟まない氣で食べる

蔭になり日向になつて嫌やがられ

故郷は砧の母と語るとこ

淋しさへ來てまた去つて倍加する
世は變る父の素朴に助けられ
運命に逆らつて行く荷をまめ

算盤の球良心へ突き當り
故あつて風は曲つた部屋の中
子には子のゆく道あつて母殘る

御破算のやうに木の葉は散りかゝり
縁に出て虫の仲間になつて居る
それでいゝたゞそれでいゝ手を握り

貧のその貧にある子の眞劍さ
窮すれば活路があつた足の下
試練とはよくぞ言つたり神に謝し

人生もかくあれかしと紅葉散る

聾に波立てゝ寂しき事にふれ

貧の底正義の味方散りはてる

目隠しをされた双手にある温み
故あつて欠伸大きな聲をあげ
氣が付けば思索の中の雪積る

情ない話へ窓の雪つぶて
雪に暮れ雪にかがやく子の明日
無いものはないが前途に明るい灯

雪の聲

（昭和22年～31年7月）

一三八句

影伸びて汲めど盡きせぬ春の水

ほんとうの顔で初陽に射られたり

春や春洗い浄めた指の先

正月だけれど何する双の手ぞ
新春の心ばかりを紅くして
犬ころの夢雪とある瞳は真珠

青き芽の動くを見たり福寿草

春三日男と名乗る地位につき

正月は好い気で白く吐息する

無事でいる風の便りも春のもの

立春や鉢の息吹きの中に座し

来ぬ人を待つて氷柱の落ちる音

雪女軒の雫に恋語る
春の夜の心の隅に疼くもの
生命より金より惜しきもの一つ

淡雪に濡れてけなげな春紅し
天に地に声して雪が消えてゆき
同情に追いすがられた小さい悔

黒土の香に酔い生きて来た感謝
雑草の芽の強さ見る痩せた腕
古傷にふれてさびしく春動き

ほじくってみた眼にいたい芽の呼吸
春が来てわが家の周囲みな動き
さにあらずめぐりめぐって来るお金

金という味方があって世をすねる

眠る虚をついて眠って春うれし

別れ来しひとあり一つ言い忘れ

花に浮く心となつて人恋し

故障車へみな手伝つて日が暮れる

宿命の杭です小鳥来てしやがみ

花はくれないに心くれないに躍る
散りかかる桜ものの憂く宵迫る
人去つて牡丹崩るる日の悲哀

今日の日の幸雨に乗り風に乗り
待てど来ぬ人へつれなき煙草の輪
華やかな過去に触れなと触れている

老妻とのぞく糸瓜の芽の明日

親まかせ親は子まかせ春うらら

馬鹿になる二人二つの呼吸はずむ

女から女へはるのかぜ笑う
差し向い気軽な影の伸び縮み
俺の掌をかたくなつたと妻見つむ

ひからびた飯一粒にある未練

朗らかな話約束一つ出来

溜息は優しい母へ突き当り

ゆく道の一条白き夜明け方
むらさきに明けて朝ただ音ばかり
なるようになつて散つてく栗の花

世間さま二人他人になりきれず
点いて消え点いて消す灯が燃え盛り
声かける人もせわしく落ちてゆき

夏の花怯える影に怯えさせ
真相はこうだと書の花薫る
水の音ふくれて河童舞い上り

水吹いて男眠気を虹にする
愛の手は八方にあり子は育ち
叱られてよし叱られてよし子は達者

増長をしたと気がつく足の裏
貧乏を知り人を知り悦にいる
長生きは還って来ない人を待ち

貧しさは言いたき事の唾をのみ
男とは馬鹿な男の話聴く
そうあつてほしい素顔でものが言え

心臓の静まるを待つ静けさよ
だれも居ぬとこで不機嫌舌を打ち
一度会い二度会い三度会う無口

ただ会って事足りし夜を寝そびれる
割り切れぬ人間さらく葉ずれする
飲む人が飲んで帰った酔えぬ父

どうやって寝ても図太い吐息する
ない袖を振って別れた泣きぼくろ
痛いとこ父さんという顔で知り

泣きたくも泣けずに泣いた子を見つめ
人騒ぐほど困らない隠しごと
仲直りする気へ女よく動き

鞭影も無駄な老馬に秋来る
肌寒き夜に明日の星拾う
そうさせてならぬと影は影を追い

わがままは猫一匹も通させず
黙々と人の言葉の味を知る
強くなる心へ味な塩加減

干竿の影に落ちつく赤とんぼ

秋空へ思索の中の人動き

若返る爪の色にも他人めき

黙ってる二人へ続く里心
消え際の蠟燭別に燃えさかり
秋雨に心の旅路鋭かり

綺麗だとほめる女の他人ごと
秋白しいとしき影の愁いなる
もうけごといやで寒々帰つて来

旅帰り嬉しきままの髭ッ面

胸元へごくり冷たき語のゆくえ

落ちつけぬ母の夜の影畫の影

だんだん人の心に似て生きる
消えやらぬ胸の炎のみぎひだり
捨猫の眼をやわらげる子の瞳

偽ってからの下あご落ちつかず
ざわめいた世間へ変る星の位置
煩悶へ女性は燦として微笑

清ければなお寒かろに冬の鮒
欠点も長所もあつて借りがあり
かくて世は目玉の色にある愁い

頬打てば頬から抜ける風を知り
新しき旅路求めて細い道
花は咲くものよ心に咲くものよ

落ちぶれてから本当の事を言い
揉め事に金あってよし無くてよし
嘘言ってハッと気がつく舌の先

家はよきところ朝寝る床を敷く
雪のんのん南瓜が煮えてぬくもれり
吹き降りの雪の中なる子のまこと

よきことの言葉に続く子の明日
雪女生くべく生きて人嫌い
わが事につきて人の世ものさびし

雪ふめば雪に声あり雪語る
腹のたつ事あり家人ただ動き
縁あつてあぶくも時に陽に当り

紙幣束の右も左も頼りなし
痩せこけた影はわが影何しようか
両膝に両手を乗せてままならず

割れひびを知つて割れてく壺一つ

姉と寝て起きて嬉しい佛の日

かりそめの言葉笑つて横を向き

頼もしく動くを見たり無口の子
板塀に頼つて冬の陽が回り
童心は丸く月見る月へよび

久々の朝の鏡に衰える
春を待つ言葉の疼く炉のまわり
あざ笑い頬のあたりのむずかゆさ

戯れの妥協も女心にて
人ほしきものを握つた日の怖し
倒すこと知つて厳しき世にふれる

石ころに法螺も吹けない独り言

秋晴れて母に仕事があり余り

母の眼に坐っておれぬ子のあんよ

人間のうかつさ朝の腹が空き
誰もゆく道荒れていて戻ります
木枯へ無口な人の影動く

目を閉ぢて

（昭和31年〜34年1月18日）

七二句

甘えたい気持ち犬ころ見抜かれる
嘘のない生活の中に髭がのび
弱き者弱きに非ず時かせぐ

満ち足りた姉も老けたり仏の日

涙する人なき里の地蔵尊

会釈した貌でしゃばりな香を放つ

錯覚を起こして春の若さなる
泣いてる目笑っている目明日の目か
二度よんであきらめに似た返事きく

いたみいる話黙って聞いている
封じ手に一歩退く気のゆとり
思慕つるのカンナ崩れて秋寂し

打ち明ける話ポケット空にする
花束に束ねてむごい心持ち
妻楊子暇な結論つけて来る

虚勢言い張って別れる日の瞼
夢を見る暇なき影におどる人
人間の軽さ吐く息さえぎられ

こと更に氷柱図太い影を持つ

軒氷柱日々太りゆく風とがり

ほんとうに頼るひとりは無口でい

風頼る所があってしきり鳴る
夢のびて氷柱氷柱のままとける
老詩人自分の影を見ようしない

自嘲する言葉の中を自重する
幾つもの鍵もって重役何する気
悪い事みな引きうけて親といえ

子心を大きくさせる船の旅
はね上る景気は人の事につき
人を焼く棺の音して帰路急ぐ

生きようとあせった右も左も見

老河童おのれの影に義憤めき

金の世や神武以来の景気とか

人が言う幸福金の事に尽き
良い言葉子に教わって夜を嵩む
一生をすうと貫く子のまこと

懺悔した顔に休むるひまもなく
捨鉢な女なにやら整理する
情なや他人の力を過信する

ジャンケンの弱さを笑い猫を抱き
欺される貌でなくなる朝の貌
夢追うて今朝を静かにかみくだき

初雪をたれやらひとり唄にする
人の世の人に唇ありまことあり
見るだけは見て五千円札空虚なる

皺くちゃにかがむ小指の春に逢い

寝て使う足の器用を母叱り

さからわぬ声に落ちつく咽喉仏

世の移り河童あきれて岸へ立ち
学窓を出てつきあたるものばかり
ためらった眼に招かざる人座り

敬語にもあきて女の会終る
足袋白く女の影の落ちつかず
靴の泥落して男想うこと

燃えさかる聖火のゆらぐ胸のうち
土の香に涙つぶれたままかわき
人久し噂の中をなつかしむ

弁解は男らしくもなく無口
約束のあしたにせまる赤い下駄
けしかける足を時代と諷刺され

悪友の無条件降服可愛がり
結婚日記憶の中にうずくまり
目を燃やす一日ほほのやせ細り

友が来て去ってまたよき秋の庭
わが顔の細く眼の浮く静けさよ
叱ってはみたが笑ってみて涙

無為な日をかさねるだけの気は重し
燃えきって元の白さがあるばかり
目を閉ぢて灰色もよき色のうち

誤魔化してならぬ人生正座する
親指に力余ってねるばかり
身にあまる光栄それをも無言なり

あとがき

父は「目を閉ぢて…」の色紙を数枚書き終えた数時間後突然倒れ、4日後に59歳で帰らぬ人となりました。56年前の豪雪の1月早朝の事でした。

父の残した遺筆から、この句集のタイトル字を抜き出し、4つの章題には既刊の「壺」「いづみ」「雪の聲」の3冊の句集の題名と、遺筆の「目を閉ぢて…」を使い、川柳は原句の旧漢字旧かなとしました。

後に紫綬褒章受章者となる川上三太郎師の若き日に、父は20歳位でめぐり会い、ご指導を受けるようになりました。

父の3冊の句集には「序」を寄せて下さり、特に3冊目の句集には、題名命名・題字・序の3点を贈って下さいました。

大正5年から昭和34年までの45年間の父の川柳・同人誌「みちのく」「ねぶた」「3冊の句集」をひもといてみて、時々の世相の中の父の心情・生活・柳人との熱い交流等の情景がしのばれて、私の心の旅路ともなりました。昭和10年12月からの「みちのく」誌上座談会「紙鐵砲」(12回連載)

における30代の父と6人程の柳人達の発言の厳しさ・情熱・正義感・烈々たる川柳愛に溢れ、同人誌の大らかさ、共に激論をかわせる友人の存在の素晴らしさを、しみじみ感じました。中野神社の句碑「退いて…」の句が、この座談会最中の11年2月36歳の作である事も驚きでした。

金枝万作氏の一文に「川上三太郎師が青森の蝶五郎という青年作家の今日をあらしめ、蝶五郎のこれに報いる礼儀の正しさは見習うべき点がある。」とありました。3冊の句集に寄せて下さった三太郎師をはじめとする柳人達の序と、「蝶五郎追悼号」の一文・一句により、父の川柳人生を再認識する事ができ、師と人に恵まれての川柳人だったと深く感じます。

この叢書を発行するにあたり選句・編集では柳田健二様と東奥日報社様に大変お世話になりました。ありがとうございました。

平成27年8月

佐々木恵実子

略年譜

後藤蝶五郎（ごとう　ちょうごろう）

明治三十二年四月生まれ。本名　後藤長五郎。大正五年、十五歳で川柳と都都逸の集い「浮雲会」入会。十三年小林不浪人主宰「みちのく吟社」同人となり、昭和二年からは「みちのく」編集担当。十一年青森県初の個人句集「壺」発刊（東京昭文舘印刷）。二十二年第二句集「いづみ」発刊。二十三年一月、青森県川柳社創立参画初代代表。三十年第二回不浪人賞受賞。三十一年第三句集「雪の聲」発刊。

三十四年一月十八日五十九歳で永眠。

三十四年「蝶五郎賞」を青森県川柳人連盟が創設。

東奥文芸叢書　川柳23

後藤蝶五郎句集　目を閉ぢて

発行　二〇一五（平成二十七）年十一月十日
著者　後藤蝶五郎
発行者　塩越隆雄
発行所　株式会社　東奥日報社
〒030-0180　青森市第二問屋町3丁目1番89号
電話　017－739－1539（出版部）
印刷所　東奥印刷株式会社

ISBN－978－4－88561－217－6　C0092　￥1200E

東奥日報創刊125周年記念企画

東奥文芸叢書　川柳

高田寄生木　千島　鉄男
岡本かくら　岩崎眞里子
渋谷　伯龍　髙瀨　霜石
野沢　省悟　工藤　青夏
む　さ　し　千田　和美
斉藤　劦　須郷　井蛙
佐藤　古拙　角田　古錐
笹田かなえ　福井　陽雪
滋野　さち　鳴海　賢治
斎藤あまね　内山　孤遊
杉野　草兵　小林不浪人
後藤蝶五郎　梅村　北仙
豊巻つくし　吉田　州花
沼山　久乃　佐藤とも子
熊谷　冬鼓　沢田百合子
（既刊は太字）

東奥文芸叢書刊行にあたって

青森県の短詩型文芸界は寺山修司、増田手古奈、成田千空をはじめ日本文学界をリードする数多くの優れた文人を輩出してきた。その流れを汲んで現代においても俳句の加藤憲曠、短歌の梅内美華子、福井緑、川柳の高田寄生木など全国レベルの作家が活躍し、その後を追うように、新進気鋭の作家が次々と現れている。

1888年（明治21年）に創刊した東奥日報社が125年の歴史の中で醸成してきた文化の土壌は、「サンデー東奥」（1929年刊）、「月刊東奥」（1939年刊）への投稿、寄稿、連載、続いて戦後まもなく開始した短歌・俳句・川柳の大会開催や「東奥歌壇」、「東奥俳壇」、「東奥柳壇」などを通じて、本州最北端という独特の風土を色濃くまとった個性豊かな文化を花開かせてきた。

二十一世紀に入り、社会情勢は大きく変貌した。景気低迷が長期化し、核家族化、高齢化がすすみ、さらには未曾有の災害を体験し、その復興も遅々として進まない状況にある。このように厳しい時代にあってこそ、人々が笑顔と元気を取り戻し、地域が再び蘇るためには「文化」の力が大きく寄与することは間違いない。

東奥日報社は、このたび創刊125周年事業として、青森県短詩型文芸の優れた作品を県内外に紹介し、文化遺産として後世に伝えるために、「東奥文芸叢書（短歌、俳句、川柳各30冊・全90冊）」を刊行することにした。「文化」の力は地域を豊かにし、世界へ通ずる。本県文芸のいっそうの興隆を願ってやまない。

平成二十六年一月

東奥日報社代表取締役社長　塩越　隆雄